A Michèle...

REISER
Les copines

Albin Michel

Du même auteur :
aux Éditions Albin Michel

Ils sont moches
Mon papa
La vie au grand air
La vie des bêtes
On vit une époque formidable
Vive les femmes
Vive les vacances
Phantasmes

© Reiser et Éditions Albin Michel, 1981
22, rue Huyghens, 75014 Paris
ISBN 2-226-01341-5

LE GROS JAUNE

IL N'EN PEUT PLUS DE TE RELUQUER LES NÉNÉS CELUI-LÀ...

HOU LÀ LÀ IL VA ÉCLATER!

JE CROIS QU'IL VA NOUS FAIRE LE PARE BRISE SANS SE FAIRE PRIER

JE VOUS FAIS LE PARE BRISE?

AVEC PLAISIR!

AH NON NON! PAS COMME ÇA!

LE NÔTRE, VOUS NOUS LE LÉCHEZ!

HEIN!

LÉCHER?...

OUI! AVEC VOTRE LANGUE!

ÇA VA PAS, HÉ?

C'EST UN MARCHÉ!

HEIN?

APRÈS, VOUS AUREZ LE DROIT DE NOUS LE FAIRE À TOUTES LES DEUX!...

GRENOUILLE DE PIZZERIA

LANGUE SAUVAGE

BIENTÔT DEUX MÉDECINES:

MÉDECINE
DE
RICHE

MÉDECINE
DE
PAUVRE

LA LÉPROSERIE DU DIMANCHE

LES PAUVRES, OBLIGÉS DE CASSER LA GLACE POUR RÉCUPÉRER LEUR DENTIER

PÉPÉ TÉLÉ

COCO BEL ŒIL

LES FIANCÉS RONDS

RAISONNEMENT PAR L'ABSURDE

ON A RETROUVÉ LA PUB!

 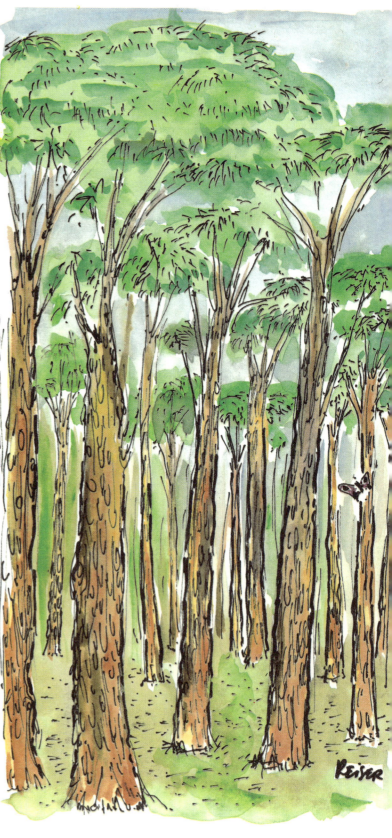

FORÊT FUMEURS | FORÊT NON FUMEURS

L'ŒIL DU COSMOS

EUROPE 1

MONSIEUR LIMACE

Cet album
réalisé par l'Atelier Michel Méline,
sous la direction de l'auteur
a été achevé d'imprimer en septembre 1982
sur les presses de l'imprimerie SPADA
à Ciampino (Rome)

Dépôt légal : octobre 1982
Numéro d'édition : 7705
Imprimé en Italie